Zozo la tornade

Astrid Lindgren

Zozo
la tornade

Texte français de Sonia Trébinjac

Couverture et illustrations
de Jacqueline Duhème

Hachette

Chapitre 1

La « cache-tête »

A Lonneberg, en Suède, il y a de cela assez longtemps, vivait un petit garçon qu'on appelait Zozo. Ce n'était pas là bien sûr son véritable nom. Ses parents l'avaient en réalité baptisé Émil. Mais comme il zozotait légèrement, on l'avait surnommé Zozo et cela lui était resté.

Zozo était un petit garçon têtu et pas sage du tout. Il lui arrivait pourtant d'être mignon quand il ne criait pas.

Blond et frisé, avec sa figure ronde et ses joues toutes rouges, ses grands yeux

bleus, il ressemblait à un ange, mais c'était, en fait, un vrai diable! Aussi l'appelait-on souvent, en riant, Zozo la Tornade.

A sept ans, Zozo était fort comme un petit bœuf. Il habitait une jolie ferme nommée « La Pommeraie ».

Quand il voulait sa casquette, il ne disait pas, comme les autres enfants :

« Je veux ma casquette! » mais : « Ze veux ma cache-tête ». A vrai dire, il faisait un peu exprès de zozoter. En outre, il s'entêtait à parler un langage enfantin. Or, tout petit, il avait cru comprendre « cache-tête » pour « casquette ».

Bleue avec une visière noire, sa « cache-tête » n'était pas très jolie. Son père la lui avait achetée un jour à la ville. Zozo adora immédiatement sa casquette et le soir, au moment d'aller se coucher, il brailla :

« Ze veux ma cache-tête ! »

Mais sa maman ne voulut pas la lui laisser au lit. Elle allait l'accrocher dans l'entrée lorsque Zozo se mit à crier, et on l'entendit dans toutes les maisons du village :

« Ze veux ma cache-tête ! »

Pendant trois semaines, Zozo dormit avec sa casquette sur la tête. Cela ne dura pas plus longtemps, car c'était, finalement, assez peu commode. Mais

Zozo avait gagné et, pour lui, c'était ce qui comptait le plus.

Il ne voulait surtout pas obéir.

Un jour de Noël, sa maman essaya de lui faire manger de la salade verte, parce que la salade verte c'est bon pour la santé. Mais Zozo refusa.

« Tu ne manges jamais de verdure ! se lamenta sa mère.

— Si, répondit Zozo. Mais de la vraie ! »

En silence, il alla s'asseoir derrière le

sapin de Noël et se mit à le grignoter. Il en eut cependant vite assez, car les aiguilles de sapin lui piquaient la bouche.

Vous voyez à quel point Zozo était têtu. Il aurait voulu commander son père, sa mère, la ferme entière, et même tout le village de Lonneberg. Mais les habitants ne se laissaient pas faire.

« Quelle malchance pour les Svensson d'avoir ce garnement de fils ! disaient-ils. Ils n'en feront jamais rien de bien ! »

Ils le pensaient vraiment. Mais ils se seraient bien gardés de le dire s'ils avaient pu deviner ce que Zozo deviendrait un jour ! Or imaginez-vous que Zozo, ayant grandi, devint maire de son village. Et vous savez peut-être que, dans un village, il n'y a pas de situation plus importante et plus honorifique !

Mais occupons-nous, pour le moment, de Zozo à l'âge de sept ans.

Il habitait la Pommeraie avec son papa, Antoine Svensson, sa maman, Anna Svensson, et sa sœur, la petite Ida. A la Pommeraie logeaient également Alfred, le garçon de ferme, et Lina, la servante.

En ce temps-là, on trouvait encore partout des garçons de ferme et des servantes.

Les garçons de ferme labouraient les champs, soignaient les chevaux et les bœufs, rentraient les foins et plantaient les pommes de terre. Les servantes trayaient les vaches, faisaient la cuisine, la vaisselle, le ménage et, le soir, chantaient des berceuses pour endormir les enfants.

Vous savez maintenant qui habitait à la Pommeraie. On y trouvait aussi deux chevaux, une paire de bœufs, huit vaches, trois cochons, dix moutons, quinze poules, un coq, un chat et un chien. Et Zozo, bien sûr!

Comme toutes les fermes de Suède, la Pommeraie était construite en bois et on l'avait peinte d'un joli rouge. Elle perchait sur la colline, parmi les pommiers et les lilas. Autour d'elle s'étendaient des champs, des prés, des pâturages, un lac et un grand bois.

Tout aurait été calme à la Pommeraie sans la présence de Zozo!

« Ce gamin ne fait que des bêtises! disait Lina. Et même lorsqu'il se tient

tranquille, les malheurs arrivent toujours à cause de lui. Je n'ai jamais vu quelqu'un de pareil ! »

Mais la maman de Zozo le défendait.

« Ce n'est pas très grave, déclarait-elle. Aujourd'hui, par exemple, il n'a pincé Ida qu'une fois, et il a juste renversé le pot au lait, c'est tout !... Ah ! oui... il a aussi poursuivi le chat autour du poulailler... Je trouve en tout cas

qu'il devient plus calme et plus gentil. »

Non, certes, Zozo la Tornade n'était pas méchant. Il aimait beaucoup la petite Ida, et il aimait beaucoup le chat. Mais il fallait bien qu'il pince un peu sa sœur s'il voulait obtenir sa tartine de miel ! Et lorsqu'il avait poursuivi le chat, c'était tout simplement pour voir lequel des deux courait le plus

vite. Mais le chat n'avait pas compris.

Ce jour-là — où Zozo, si gentil, n'avait pincé Ida qu'une seule fois, puis s'était contenté de renverser le pot au lait et de poursuivre le chat —, ce jour-là, donc, on était le 7 mars.

Vous allez pouvoir, maintenant, vous rendre compte des ennuis qui arrivaient à Zozo les jours où il faisait des bêtises, comme s'en plaignait Lina.

Commençons par le 22 mai.

Chapitre 2

Un déjeuner mouvementé

Ce jour-là, il y avait du potage au déjeuner. Lina avait posé la soupière à fleurs sur la table et tout le monde s'était servi, Zozo le premier. Adorant le potage, il mangeait avec appétit.

« Tu ne pourrais pas faire moins de bruit ? demanda sa mère.

— Si, mais alors on n'entendrait pas que c'est du potaze ! » répondit Zozo.

Tout le monde se resservit jusqu'à ce que la soupière soit vide. Il en restait juste une toute petite goutte au fond.

Zozo décida de la prendre. Il plongea sa tête dans la soupière et on l'entendit aspirer la petite goutte. L'opération terminée, il voulut retirer sa tête. Or — incroyable mais vrai ! — il n'y réussit pas. Il était prisonnier de la soupière !

Effrayé, Zozo se leva de table. Il se tenait au milieu de la cuisine, ses yeux et ses oreilles cachés par la soupière enfoncée sur sa tête. Il criait et, de toute la force de ses poings, il tapait sur la soupière comme sur un tambour.

Lina aussi paraissait alarmée.

« Notre jolie soupière ! se lamentait-elle. Notre jolie soupière à fleurs ! Dans quoi mettrons-nous la soupe, maintenant ? »

En bonne cuisinière, elle s'inquiétait surtout de savoir dans quoi elle servirait le potage du soir si Zozo devait, longtemps encore, occuper la soupière.

La maman de Zozo pensait surtout à son petit garçon.

« Comment allons-nous te sortir de là, mon trésor ? Prenons le tisonnier et cassons la soupière !

— Pas question ! s'exclama le père. Une soupière qui a coûté quatre couronnes !

— Je vais essayer de la retirer », proposa Alfred, qui était un garçon très fort et adroit.

Il saisit la soupière par les deux anses, et tira de toutes ses forces. Mais qu'arriva-t-il ?

Les pieds de Zozo quittèrent le sol ! Il était toujours emprisonné ! Suspendu en l'air, il se mit à gigoter pour qu'Alfred le repose sur le sol.

« Arrête ! criait-il. Ze veux descendre ! Ze te dis d'arrêter ! »

Alfred le posa donc.

Tout le monde était désolé.

Le père, la mère, la petite Ida, Alfred et Lina entouraient Zozo dans la cuisine, et réfléchissaient. Personne n'arrivait à trouver une idée pour le libérer.

« Regardez, Zozo pleure ! » dit la petite Ida. Et elle montra du doigt de grosses larmes qui, sortant de la soupière, roulaient doucement sur les joues du garçon.

« Pas vrai ! répliqua Zozo d'une voix étouffée. C'est des gouttes de potaze ! »

Il fanfaronnait comme d'habitude, mais sa situation n'avait rien d'amusant. Que deviendrait-il s'il ne pouvait plus jamais sortir de la soupière ? Pauvre Zozo ! Quand pourrait-il remettre sa « cache-tête » ?

Sa mère était triste. Elle parla de nouveau de prendre le tisonnier pour casser la soupière, mais le père s'écria :

« Jamais de la vie ! Elle a coûté quatre couronnes ! Il vaut mieux aller voir le docteur à la ville. Il ne prend que trois couronnes pour une consultation, et nous aurons ainsi gagné une couronne ! »

L'idée était bonne. On ne gagne pas tous les jours une couronne ! Et, pour cet argent, on peut acheter tant de bonnes choses! On peut acheter, par exemple, une friandise pour la petite Ida qui restera à la maison, tandis que Zozo ira se promener en ville!

Alors, dans la ferme, tout le monde se dépêcha. Zozo se prépara, se lava et mit ses beaux habits du dimanche. Il fut impossible de le peigner, ou de lui nettoyer les oreilles, ce dont il avait pourtant fortement besoin. Sa mère essaya de les lui gratter après avoir glissé son index sous la soupière, mais cela se termina mal : le doigt resta pris!

« Voilà autre chose! » fit la petite Ida.

Quant au père, d'habitude calme et gentil, il piqua une violente colère.

« Y a-t-il encore quelqu'un qui veuille se coincer dans la soupière? criait-il. Ne vous gênez pas, je vous en prie! Je prendrai la grande charrette pour conduire toute la ferme à la ville, chez le docteur! »

Mais la maman de Zozo tira fort sur son doigt et finit par se libérer.

« Impossible de te nettoyer les oreilles, Zozo ! » geignit-elle en soufflant sur son doigt. Ils aperçurent un sourire satisfait sur les lèvres de Zozo tandis qu'il disait :

« Il faut bien que cette soupière m'apporte un avantaze ! »

Alfred avait avancé le cheval et la carriole près de l'escalier, et Zozo sortit pour monter dans la carriole. Qu'il était beau avec son costume bleu à rayures blanches, et ses bottines noires à boutons ! La soupière lui donnait un air un peu étrange, bien sûr. Mais, comme elle était à fleurs, elle ressemblait presque à une sorte de chapeau d'été à la mode ! L'ennui, c'est que ce chapeau descendait un peu trop bas sous les yeux de Zozo !

Ils se trouvaient donc sur le point de prendre la route de la ville.

« Faites bien attention à la petite Ida pendant mon absence ! » criait la maman en s'asseyant à l'avant, près du papa de Zozo. Le garçon se tenait à l'arrière, toujours coiffé de sa soupière, et sa « cache-tête » posée à côté de lui sur la banquette. Il fallait bien qu'il ait quelque chose à se mettre sur la tête pour revenir à la maison!

« Qu'est-ce que je prépare pour le dîner? cria Lina alors que la voiture partait.

— Ce que tu voudras! répondit la mère. J'ai d'autres chats à fouetter.

— Je ferai de la soupe à l'oignon », déclara Lina. Mais, au même instant, elle vit la belle soupière fleurie prendre la route. Poussant un gros soupir de tristesse, elle se tourna vers Alfred et Ida.

« Tant pis, dit-elle, nous mangerons du petit salé. »

Zozo était déjà souvent allé à la ville. Haut perché sur la carriole, il aimait bien regarder la route, les fermes et les enfants qui y habitaient, les chiens qui aboyaient aux barrières, les chevaux et les vaches qui paissaient dans les prés.

Et maintenant, tout ce qu'il voyait,

c'était le petit bout de ses bottines à travers une fente mince sous le bord de la soupière ! Il demandait sans cesse à son papa :

« Où sommes-nous ? Sommes-nous dézà passés devant la ferme aux crêpes ? Arrivons-nous bientôt à la ferme du cochon ? »

Zozo avait donné des surnoms à toutes les fermes situées au bord de la route. La ferme aux crêpes s'appelait ainsi parce que Zozo, un jour où il passait par là, avait vu les deux enfants de cette ferme en train de manger des crêpes à la barrière. La ferme du cochon devait son nom à un drôle de petit cochon dont Zozo avait l'habitude de tirer la queue en tire-bouchon !

A présent, lorgnant ses bottines en silence, ne voyant ni crêpes ni cochon, il s'impatientait et demandait sans cesse :

« Où sommes-nous ? La ville est encore loin ? »

La salle d'attente du docteur était pleine de monde lorsque Zozo entra avec sa soupière. Comprenant qu'il s'agissait d'un accident, les patients le plaignirent. Seul un méchant bonhomme ricana, comme si c'était drôle d'être enfermé dans une soupière !

« Ha ! ha ! s'esclaffa-t-il. Tu as froid aux oreilles ?

— Non, répondit Zozo.

— Ah non ? Alors pourquoi t'es-tu mis ce truc sur la tête ?

— Parce que sinon z'aurais froid aux oreilles ! » riposta Zozo.

Malgré son jeune âge, il avait le sens de la réplique.

Zozo entra dans le cabinet du docteur. Celui-ci ne se moqua pas de lui, mais dit simplement :

« Bonjour ! Que fais-tu là-dedans ? »

Zozo la Tornade ne pouvait pas voir le docteur, mais il se sentit tout de même obligé de le saluer. Comme le font tous les petits garçons en Suède, il s'inclina profondément. Alors, bang ! la soupière se cassa en deux morceaux. Zozo avait heurté le bureau du docteur !

« Voilà nos quatre couronnes envolées ! » dit doucement le papa de Zozo à sa maman. Le docteur l'entendit.

« Oui, mais vous gagnez quand même une couronne, observa-t-il. J'ai l'habitude d'en demander cinq pour tirer les petits enfants des soupières. Et là, il s'est débrouillé tout seul ! »

Le papa de Zozo fut alors très content. Il se sentait fier de son fils qui avait gagné une couronne en cassant la soupière. Il en ramassa les deux morceaux, et ils sortirent tous les trois.

Dans la rue, la maman s'exclama :

« Quelle chance d'avoir gagné une couronne ! Qu'allons-nous en faire ?

— Nous allons l'économiser, répondit le père. Mais il serait juste que Zozo reçoive une demi-couronne qu'il pourra mettre dans sa tirelire. » Il sortit une pièce de son porte-monnaie et la lui donna. Vous imaginez la joie de Zozo !

Puis ils repartirent pour Lonneberg. Zozo, tout content, était assis à l'arrière de la voiture. Sa « cache-tête » bien posée sur la tête, il tenait sa pièce dans la main et regardait au passage les enfants, les chiens, les chevaux, les vaches et les cochons.

Si Zozo avait été un garçon ordinaire, il ne serait plus rien arrivé d'autre ce jour-là. Mais Zozo n'était pas un garçon ordinaire.

Il mit la pièce de monnaie dans sa bouche. Et, alors qu'on passait devant la ferme du cochon, on entendit tout à coup, venant de l'arrière, un petit « glop ! »

Zozo avait avalé la demi-couronne !

« C'est fou ce qu'elle a glissé vite, dit-il. Ze ne l'ai presque pas sentie passer. »

La maman de Zozo recommença à se lamenter.

« Miséricorde ! gémit-elle. Comment allons-nous sortir cette pièce ? Il faut retourner chez le docteur !

— Félicitations ! s'exclama le père. Tu t'imagines que je vais payer cinq couronnes pour récupérer une pièce d'une demi-couronne ? Tu es sûre d'avoir bien suivi les leçons de calcul, à l'école ? »

Zozo n'avait rien perdu de son calme. Il dit en se frottant le ventre :

« Pourquoi mon ventre ne serait-il pas une tirelire ? Ze suis sûr que la demi-couronne y sera aussi bien que dans ma tirelire en bois ! Et là, au moins, personne ne me la prendra. Dans l'autre, z'ai souvent retiré des pièces avec la pointe d'un couteau ! »

Mais sa mère, très inquiète, voulait absolument revoir le médecin.

« Je n'ai rien dit le jour où Zozo a avalé tous ses boutons de culotte, rappela-t-elle à son mari. Mais une demi-couronne est bien plus grosse et ça peut mal tourner, crois-moi ! »

Et elle réussit à effrayer le père, si bien qu'il fit faire demi-tour au cheval, et qu'ils retournèrent à la ville.

Ils arrivèrent hors d'haleine chez le docteur.

« Vous avez oublié quelque chose ? leur demanda-t-il.

— Non, mais Zozo a avalé une pièce d'une demi-couronne, dit le papa. Et si vous pouviez l'opérer... pour quatre couronnes, par exemple... en gardant la demi-couronne... »

Mais Zozo tira son père par la veste et chuchota :

« Ze te vois venir ! Elle est à moi, cette demi-couronne ! »

Le docteur n'avait pas du tout l'intention d'opérer Zozo.

« Ce n'est pas grave, dit-il. La pièce apparaîtra d'elle-même d'ici quelques jours. Mais tu devrais aller manger cinq brioches. Ta pièce aurait un peu de compagnie et ne se collerait pas à la paroi de ton estomac. »

Quel médecin merveilleux ! Et, en plus, il ne se fit même pas payer la consultation.

Le père de Zozo était heureux, et la joie éclairait son visage lorsqu'il se retrouva dans la rue avec sa femme et son fils.

La maman de Zozo manifesta l'intention d'aller à la boulangerie des sœurs Andersson, réputée pour ses brioches.

« Il n'en est pas question ! déclara le père. Nous avons des brioches toutes fraîches à la maison. »

Zozo avait faim. Comme il savait déjà bien compter, il réfléchit un instant, puis il dit en se frottant le ventre :

« Z'ai une demi-couronne là-dedans. Ze pourrais m'acheter des brioches si

z'arrivais à l'attraper... Papa, tu peux me prêter une autre demi-couronne ? Ze te promets que ze te la rendrai dans quelques zours — parole d'honneur ! »

Son père se laissa convaincre, et ils allèrent chez les sœurs Andersson. Ils choisirent cinq bonnes brioches, moelleuses et toutes dorées, avec un peu de sucre dessus.

Zozo les dévora.

« C'est le meilleur médicament que z'aie zamais pris ! » affirma-t-il.

Soudain, le papa de Zozo devint très gai, et tellement excité qu'il ne savait plus très bien ce qu'il faisait.

« Tout de même, dit-il, nous avons gagné pas mal d'argent aujourd'hui. » Et il acheta, pour une demi-couronne, des sucettes pour la petite Ida qui était restée à la maison.

(En ce temps-là, les enfants mangeaient si rarement des sucreries qu'on pouvait leur offrir des sucettes sans craindre pour leurs dents.)

Puis on repartit gaiement pour la Pommeraie.

A peine le père de Zozo était-il arrivé à la maison qu'il se précipita, sans même enlever son manteau ni son chapeau, sur son tube de colle pour réparer la soupière.

Ce n'était pas très compliqué. Il suffisait d'ajuster les deux moitiés.

Lina était si contente qu'elle se mit à sauter de joie. Et elle cria à Alfred qui dételait le cheval :

« Nous aurons de nouveau de la soupe à la Pommeraie ! » Pauvre Lina ! Elle avait oublié Zozo !

Ce soir-là, Zozo s'amusa beaucoup avec sa sœur. Il lui construisit une cabane de branchages, et cela ravit la petite fille. Il ne la pinça pas beaucoup, juste pour avoir une sucette de temps en temps. Comme la nuit tombait, les enfants pensèrent qu'il était temps de rentrer. Ils allèrent dans la cuisine pour voir si leur mère s'y trouvait. Il n'y avait personne. Il n'y avait que la soupière. Toute belle et recollée, elle trônait sur la table. Zozo et la petite Ida s'approchèrent pour admirer le merveilleux récipient qui s'était promené toute la journée.

« Tu te rends compte ? dit la petite Ida. Elle a été jusqu'à la ville, cette sou-

pière! Mais comment as-tu fait pour y enfoncer la tête?

— Facile! répondit Zozo. Regarde!»

Leur mère entra dans la cuisine à cet instant. Et la première chose qu'elle vit, ce fut Zozo avec la soupière sur la tête. Il était de nouveau prisonnier.

Il se mit à hurler, et la petite Ida aussi. La mère prit alors le tisonnier et frappa si fort sur la soupière qu'on l'entendit dans toutes les maisons du village. Bang! la soupière se brisa en mille morceaux et les éclats tombèrent autour de Zozo comme une pluie d'étoiles.

Le père se trouvait à la bergerie. Entendant le vacarme, il se précipita en courant. Il s'arrêta sur le seuil de la cuisine. Il vit Zozo, les morceaux de soupière, le tisonnier que la mère tenait à la main et, sans dire un mot, il retourna près de ses moutons.

Deux jours plus tard, Zozo lui rendit l'argent qu'il lui devait. C'était une petite consolation.

Cette histoire de soupière se passait donc le 22 mai. Elle vous donne une idée de la personnalité de Zozo. Mais continuons, et passons au dimanche 10 juin.

Chapitre 3

Jour de fête

Ce jour-là, on donnait une fête à la Pommeraie.

De nombreuses personnes, de Lonneberg et d'ailleurs, étaient invitées. La maman de Zozo avait passé plusieurs jours à faire de la cuisine et de la pâtisserie.

« Tout ça va nous revenir bien cher, lui dit le père. Mais puisque c'est fête, au diable l'avarice !... Tout de même, est-ce que tu ne pourrais pas faire les boulettes de viande un peu plus petites ?

— Je fais les boulettes comme elles doivent être, répliqua la mère. De bonne taille, bien rondes et cuites à point ! »

Et c'était vrai. A part cela, elle préparait aussi des rôtis de porc, des roulades de veau, des filets de hareng marinés, de l'anguille fumée, des ragoûts et des puddings, des chaussons aux pommes et deux énormes gâteaux au fromage blanc. Elle confectionnait aussi une certaine sorte de saucisse tellement bonne que les gens venaient de très loin pour y goûter.

Zozo aussi appréciait beaucoup cette saucisse.

Il faisait, ce jour-là, un vrai temps de fête. Le soleil brillait, les pommiers et les lilas étaient fleuris, et les oiseaux chantaient. Perchée sur la colline, la Pommeraie était si belle qu'elle semblait sortie d'un rêve.

La cour était bien ratissée, la maison astiquée dans ses moindres recoins. Tous les plats étaient préparés. Bref, il ne manquait rien, ou si... il manquait quelque chose !

« Nous avons oublié le drapeau ! » s'écria la maman de Zozo.

En effet, comme cela se faisait en Suède, les Svensson avaient un mât devant leur ferme et, les jours de fête, d'anniversaire ou d'heureux événements, ils avaient coutume de hisser le drapeau bleu et jaune de la Suède.

Aussitôt dit, aussitôt fait !

Le papa se dirigea vers le mât, Zozo et la petite Ida collés à ses talons. Les enfants voulaient voir le drapeau s'élever.

« Je crois que cette fête sera très réussie, dit la mère à Lina lorsqu'elles furent seules dans la cuisine.

— Oui, mais ne serait-il pas plus prudent d'enfermer Zozo comme la dernière fois ? » suggéra Lina.

La mère lui jeta un regard lourd de reproches, et ne répondit pas.

Lina haussa les épaules et murmura :

« Moi, ça m'est égal, après tout. On verra bien !

— Zozo est un enfant charmant », répliqua fermement la mère.

Par la fenêtre, elle pouvait voir l'adorable bambin courir et jouer avec sa petite sœur. Ils étaient beaux comme des anges, tous les deux ! Zozo portait son costume bleu rayé du dimanche, et avait posé l'inévitable casquette sur sa tête bouclée. La petite Ida étrennait une robe rouge avec une ceinture blanche autour de son petit ventre tout rond.

Fière d'eux, la mère leur sourit. Puis elle regarda la route avec inquiétude et dit :

« Il faudrait qu'Antoine se dépêche de hisser le drapeau. Les invités vont arriver d'une minute à l'autre. »

Or les choses s'annonçaient bien et le père s'occupait du drapeau lorsque, par malchance, Alfred arriva en courant de l'étable et cria :

« Le veau arrive ! »

C'était le nouveau-né de la Roussette.

Cette vache égoïste n'avait pas pu attendre un autre moment pour mettre son veau au monde ! Alors que les invités allaient se présenter d'une minute à l'autre et qu'on était en train de hisser le drapeau !

Le père lâcha la corde et se précipita vers l'étable.

Les enfants restèrent seuls près du mât. Ida renversa la tête en arrière et, clignant les yeux, regarda la grosse boule dorée qui ornait le faîte.

« Que c'est haut ! s'exclama-t-elle. De là-haut, on voit sûrement la ville ! »

Zozo réfléchit un instant.

« On pourrait vérifier, dit-il. Veux-tu que ze te hisse là-haut ? »

La petite fille se mit à rire. Zozo avait toujours de si drôles d'idées ! Et quelle chance d'avoir un frère aussi gentil !

« Oui ! s'écria-t-elle. Je veux voir la ville !

— Alors, allons-y ! » proposa Zozo d'un ton serviable.

Il saisit le crochet qui servait à tenir le drapeau, et il le fixa à la ceinture d'Ida. Puis, de ses deux mains, il empoigna la corde.

« En route ! dit Zozo.

— Au revoir ! Au revoir ! » s'écria Ida.

La petite fille s'éleva jusqu'au som-

met du mât. Alors Zozo accrocha solidement la corde — comme son père faisait lorsqu'il avait hissé le drapeau —, parce qu'il ne voulait pas que sa sœur puisse tomber et se faire mal.

Elle pendait donc là-haut, immobile et sage comme une image.

« Tu vois la ville ? cria son frère.

— Non, répondit la petite fille. Seulement Lonneberg.

— Ah ! fit Zozo déçu. Seulement Lonneberg... Alors, tu veux descendre ?

— Non, pas encore ! cria Ida. C'est amusant aussi de voir le village... Voilà les invités qui arrivent ! »

C'était vrai.

La cour fut bientôt encombrée de voitures et de chevaux, et un flot d'invités passa le portail puis se dirigea vers la maison.

La digne Mme Petrell marchait en

tête. Elle venait de très loin pour goûter les fameuses saucisses de Mme Svensson. Un imposant chapeau à plumes coiffait sa très plantureuse personne. Mme Petrell regardait autour d'elle avec ravissement. Il faut avouer que, avec la lumière du soleil, la Pommeraie était belle à voir, au milieu de ses pommiers et de ses lilas. Il régnait un air de fête, et le drapeau flottait. Oui, il flottait. Mme Petrell le voyait bien, malgré sa myopie.

Soudain troublée, elle s'arrêta en chemin. Qu'arrivait-il aux Svensson ?

Comme le père de Zozo sortait de l'étable, Mme Petrell lui demanda :

« Mon cher Antoine... pourquoi avez-vous hissé le drapeau danois ? »

Zozo se tenait près d'elle. Il n'avait aucune idée de la couleur du drapeau danois, mais il savait en tout cas que la chose rouge et blanche, là-haut sur le mât, n'était pas le drapeau danois.

« Ha ! ha ! s'esclaffa Zozo. C'est Ida ! »

Et la petite fille, suspendue en l'air, se mit elle aussi à rire de bon cœur.

« Ha ! ha ! c'est moi ! cria-t-elle. Je vois tout le village ! »

Le père, lui, ne riait pas du tout. Il se dépêcha de faire descendre la petite fille.

Arrivée à terre, la petite Ida s'écria :

« Oh ! là ! là ! ce que c'était drôle ! Je ne me suis jamais autant amusée depuis que Zozo m'a trempée dans la bassine ! »

Elle voulait parler de ce jour où ils avaient joué aux Indiens. Zozo l'avait plongée dans la bassine de confiture de groseilles pour qu'elle ait la même couleur qu'un... Peau-Rouge !

Pauvre Zozo ! Il cherchait toujours à distraire sa petite sœur, mais personne ne l'en remerciait. Au contraire !

Son père le saisit fermement par le bras et se mit à le secouer.

« Je l'avais bien dit ! » ricana Lina en voyant Antoine Svensson conduire son fils vers l'atelier.

C'était en effet à cet endroit-là qu'on l'enfermait lorsqu'il faisait des bêtises.

Zozo criait et pleurait.

« Elle voulait voir la ville », sanglotait-il.

Il trouvait son père vraiment trop injuste. Personne ne lui avait interdit de montrer la ville à la petite Ida. Et ce n'était pas sa faute si sa sœur n'avait vu que le village !

Zozo pleurait sans cesse. Le père ferma la porte et s'en alla.

A cet instant seulement, Zozo s'arrêta.

L'atelier n'était pas désagréable, à vrai dire. On y trouvait quantité de morceaux de bois et de bouts de plan-

ches avec lesquels on pouvait faire des tas de choses.

Chaque fois qu'il était puni, Zozo se taillait un joli petit bonhomme en bois. Il en possédait déjà cinquante-quatre et, du train où allaient les choses, il n'en resterait certainement pas là !

« Ze m'en moque, de leur repas de

fête ! se dit-il. Papa peut hisser le drapeau lui-même, s'il veut. Moi, ze vais me faire un nouveau bonhomme de bois et ze serai toujours méchant, na ! »

Zozo savait qu'on le ferait bientôt sortir. On ne l'enfermait jamais longtemps dans l'atelier.

« Tu y resteras le temps de bien réfléchir à la bêtise que tu as faite, disait habituellement son père. Comme ça, tu ne recommenceras pas. »

A ce sujet, Zozo la Tornade était assez obéissant. Il répétait rarement la même bêtise. Il en inventait toujours de nouvelles !

Assis dans l'atelier, Zozo sculptait donc son bonhomme en pensant à sa dernière bêtise avec Ida. Ce fut vite fait parce qu'il pensait peu et parce que, l'habitude aidant, il taillait très vite.

Alors il eut grande envie de se trouver dehors. Mais tout le monde avait dû l'oublier. Il attendit, attendit encore. Hélas! personne ne vint. Zozo commença donc à se demander comment il pourrait sortir tout seul de là.

« Peut-être par la fenêtre! pensa-t-il. Ça ne doit pas être difficile. »

La fenêtre était un peu haute, mais il réussit à l'atteindre en grimpant sur des planches entassées contre le mur. Il l'ouvrit et voulut sauter. Or il aperçut les redoutables orties qui poussaient juste en dessous. Il n'existe rien d'aussi épouvantable que de sauter dans un tas d'orties. Zozo avait essayé une fois, juste pour savoir ce que l'on ressent.

Maintenant qu'il savait, il n'avait aucune envie de recommencer!

« Ze ne suis pas fou! pensa Zozo. Il y a sûrement un meilleur moyen de sortir d'ici. »

Comme toutes les fermes d'une certaine importance, la Pommeraie était entourée de constructions en bois. Chacune d'elles servait à un usage différent.

Il y avait donc, bien sûr, l'écurie, l'étable, la porcherie, le poulailler et la bergerie, mais aussi d'autres constructions autour desquelles on s'amusait beaucoup à jouer à cache-cache.

Il y avait une maisonnette où Mme Svensson salait et fumait les jambons ou les anguilles, et où elle confectionnait ses bonnes saucisses.

Une autre maisonnette contenait le lavoir où Lina lavait le linge de la maison. Tout près de là s'élevaient encore deux bâtiments très proches l'un de l'autre. L'un abritait l'atelier et la réserve de bois tandis que l'autre se composait de la lingerie et d'un vaste cellier.

Le soir, Zozo et sa petite sœur jouaient souvent à cache-cache parmi toutes ces maisonnettes. Naturellement, ils évitaient soigneusement les orties!

Pour le moment, Zozo ne pouvait jouer à rien. Il restait enfermé à cause de ces maudites orties qui poussaient entre l'atelier et le cellier.

Zozo réfléchissait. Il vit que la fenêtre du cellier était ouverte, et cela lui donna une idée.

On devait pouvoir facilement relier les deux fenêtres par une planche et ramper sur ce pont improvisé pour pénétrer dans le cellier.

Zozo en avait assez de rester dans l'atelier et, de plus, il commençait à avoir faim.

Il ne perdit pas plus de temps et réalisa aussitôt son projet.

La planche fut installée en un clin d'œil. Zozo se mit alors à ramper. L'entreprise présentait un certain danger, car la planche était assez mince, et Zozo plutôt lourd.

« Si tout va bien, se promit-il en avançant, ze zure de donner mon polichinelle à Ida. »

La planche fit entendre un craquement sinistre. Le garçon prit peur en voyant les orties sous lui, et il perdit l'équilibre.

« Au secours ! » glapit Zozo.

Mais il réussit à se rattraper en s'agrippant à la planche par une jambe, et il se redressa pour continuer sa traversée.

Il atteignit la fenêtre sans autre ennui, et il pénétra dans le cellier.

« Après tout, ce n'était pas si difficile ! fit-il. Mais Ida aura tout de même mon pantin... ze pense... une autre fois... il sera peut-être cassé d'ici là... oui, eh bien, ze me déciderai plus tard ! »

D'un coup de pied, il renvoya la planche dans l'atelier. Zozo était un garçon très ordonné ! Il courut vers la porte, essaya de l'ouvrir... Elle était fermée à clef.

« C'est bien ce que ze pensais, dit Zozo. Mais ils vont sûrement venir chercher les saucisses, et ze connais quelqu'un qui en profitera pour sortir ! »

Zozo se mit à renifler. L'endroit sentait délicieusement bon. Il regarda autour de lui avec grande attention.

En haut, sous le toit, pendaient des jambons fumés. Des anneaux de boudins étaient enfilés sur une perche. Le papa de Zozo aimait beaucoup le boudin et le jambon !

Dans un coin se trouvaient la huche pleine de belles miches de pain doré et, à côté, une belle table à rallonges couverte de fromages et de terrines de beurre.

Derrière la table, il y avait le saloir empli de viande de porc et, tout près, le grand placard où la maman de Zozo gardait le sirop de framboise, les cornichons, les poires en bocaux et la confiture de fraises.

Et, sur une planche de ce même placard, Zozo vit les fameuses saucisses.

Or, il raffolait des saucisses !

A la Pommeraie, la fête battait son plein. Les invités avaient d'abord pris

du café avec des petits gâteaux. A présent, ils étaient encore assis et attendaient d'avoir de nouveau faim pour se mettre à manger les rôtis, les harengs marinés, les saucisses et tout le reste.

Soudain, la maman de Zozo s'écria :

« Oh ! nous avons oublié le petit ! Le pauvre enfant est resté assez longtemps enfermé, maintenant ! »

Le père courut aussitôt à l'atelier, la petite Ida collée à ses talons.

« Zozo ! appela-t-il en ouvrant tout grand la porte. Tu peux sortir ! »

Vous jugez de sa surprise lorsqu'il s'aperçut que Zozo n'était plus là !

« Quel garnement ! fit le père. Il s'est échappé par la fenêtre. »

Il regarda par la fenêtre, et il vit les orties bien droites et hautes, pas piétinées du tout.

Alors il s'inquiéta. « Il se passe quelque chose de bizarre, déclara-t-il. Personne n'est passé par là. Aucun être humain, en tout cas ! »

La petite Ida fondit en larmes. Qu'était devenu Zozo ?

Ida se souvint alors de la berceuse, si triste, que Lina lui chantait le soir. On y parlait d'une petite fille enfermée dans un affreux cabinet noir qui, un jour, fut changée en plume blanche et s'envola au ciel. Qui sait si Zozo n'avait pas, lui aussi, subi une trans-

formation qui lui aurait permis de s'envoler ?

Ida regarda autour d'elle, cherchant une plume quelconque.

Elle vit alors une poule blanche et dodue qui passait devant l'atelier en picorant le sol à la recherche de vers. Pleurant de plus belle, Ida montra la poule du doigt.

« C'est peut-être Zozo ! » dit-elle.

Son papa n'y crut pas un seul instant. Mais, pour plus de sécurité, il courut demander à sa femme si, par hasard, elle n'avait jamais vu Zozo en train de s'exercer à voler en partant d'une fenêtre ouverte.

« Voyons, Antoine ! s'écria-t-elle. Ne dis pas de sottises ! Il doit se trouver dans l'atelier. »

Et tout le monde se mit à la recherche de Zozo.

Mais il resta introuvable.

On ne trouva, dans l'atelier, que cinquante-cinq bonshommes de bois alignés sur une étagère. Mme Petrell n'avait jamais vu autant de bonshommes à la fois, et elle demanda qui les avait taillés.

« Notre petit Zozo, répondit la maman, en se mettant à pleurer. C'était un enfant si charmant !

— Oh oui ! » fit Lina en hochant la tête. Puis elle ajouta : « Et si nous regardions dans le cellier ? »

L'idée n'était pas mauvaise du tout !

On se précipita dans l'autre maisonnette.

Mais le cellier semblait désert. Pas de Zozo !

Ida continuait silencieusement à pleurer. Voyant que personne ne la regardait, elle s'approcha de la poule blanche et chuchota :

« S'il te plaît, Zozo, ne t'envole pas

au ciel ! Je te donnerai du grain, je te chercherai des vers de terre, mais promets-moi de rester à la maison ! »

La poule ne voulut rien promettre. Elle caqueta et s'en alla.

Les habitants de la Pommeraie fouillèrent la ferme dans tous ses coins et recoins. Mais ils ne trouvèrent Zozo ni dans le bûcher ni dans le lavoir. Pas plus de Zozo dans l'étable, dans l'écurie ou dans la porcherie ! Personne dans la bergerie, dans le poulailler ni dans la lingerie !

Ils regardèrent alors dans le puits. Sans succès, heureusement ! Mais ils se mirent à pleurer.

Et les habitants de Lonneberg se chuchotèrent d'une oreille à l'autre :

« En fait, c'était un charmant enfant, ce Zozo ! Il n'était pas vraiment mal élevé — moi, en tout cas, je ne l'ai jamais dit ! »

« Il est peut-être tombé dans le ruisseau ! » émit Lina.

Un ruisseau impétueux, dangereux à cause de la violence de son courant, traversait le domaine. De petits enfants pouvaient facilement s'y noyer.

« Tu sais bien qu'il n'avait pas le droit d'y aller, dit la maman de Zozo d'un ton sévère.

— Justement ! » répliqua Lina.

Ils coururent tous vers le ruisseau. Ils ne trouvèrent pas plus de Zozo ici qu'ailleurs. Tout le monde recommença à pleurer. Et dire que la maman de Zozo avait pensé que la fête serait si merveilleusement réussie !

On ne savait plus où chercher.

« Que pourrions-nous essayer d'autre ? interrogea la mère.

— Il faudrait quand même manger un peu », suggéra le père.

Les invités l'approuvèrent, car ces recherches et ces pleurs avaient fortement aiguisé leur appétit.

Les femmes mirent la table. La maman de Zozo versa quelques larmes dans le plat de harengs en l'apportant. Puis arrivèrent les rôtis, les roulades de veau, les gâteaux au fromage blanc et tout le reste.

Mme Petrell avait l'eau à la bouche. Tout semblait si bon! Mais elle s'inquiétait de n'avoir pas encore vu les saucisses.

Au même instant, la mère de Zozo s'écria :

« Lina, nous avons oublié les saucisses! Va vite les chercher! »

Lina partit aussitôt.

Tout le monde attendait impatiemment, et Mme Petrell dit en dodelinant de la tête :

« Ah! oui, les saucisses! Elles nous

consoleront un peu, en ces tristes circonstances ! »

Lina revint alors. Sans saucisses.

« Suivez-moi tous, dit-elle. Je vais vous montrer quelque chose ! »

Elle avait un drôle d'air, mais cela lui arrivait souvent et il ne fallait pas y prêter attention.

« Quelles idioties as-tu encore inventées ? » demanda sévèrement Mme Svensson.

Lina eut l'air encore plus drôle, et se mit à ricaner. « Suivez-moi ! » redit-elle.

Elle fut aussitôt obéie par tous ceux qui se trouvaient à la Pommeraie. Et, l'air stupéfait, ils suivirent Lina qui, ricanant de plus belle, se dirigeait vers le cellier.

Arrivée devant la maisonnette, elle poussa la porte, franchit le seuil, et conduisit l'assemblée devant l'énorme buffet. Un sourire aux lèvres, elle ouvrit les deux battants et montra du doigt la planche du milieu, où la mère de Zozo rangeait toujours les fameuses saucisses.

Il n'y avait plus aucune saucisse.

Mais, à la place, reposait Zozo !

Il dormait, allongé parmi de petits restes. Il dormait, le chérubin !

Sa maman était plus heureuse que si elle avait découvert de l'or dans son buffet. Qu'importe, si Zozo avait englouti toutes les saucisses ! Il valait cent mille fois mieux retrouver Zozo sur cette planche plutôt que quelques kilos de saucisse !

Le père partageait cet avis.

« Ha ! ha ! Zozo est là ! gloussait la petite Ida. Et il n'a pas beaucoup changé ! »

Vous voyez à quel point un seul petit garçon, gavé de saucisse, peut rendre les gens heureux !

Tout le monde fut gai, enfin, et la fête se termina bien.

La maman de Zozo ramassa les quelques restes de saucisse oubliés par le « cher petit », et elle les offrit à Mme Petrell qui fut au comble de la joie.

Quant aux autres, même sans saucisse, ils ne moururent pas de faim!

Les rôtis, les roulades, les boulettes de viande, les harengs, les ragoûts, les puddings et les anguilles fumées firent leur bonheur.

Au dessert, ils se régalèrent avec le merveilleux gâteau au fromage accompagné de confiture de fraises et de crème fouettée.

« Y a rien de meilleur que ce gâteau au fromaze », affirma Zozo.

Et si vous aviez pu y goûter, vous lui auriez donné raison.

La nuit tomba doucement sur le village.

Le père baissa le drapeau, tandis que ses enfants le regardaient.

Ainsi prit fin la fête à la Pommeraie, et chacun rentra chez soi.

Les voitures partirent l'une après l'autre. La dernière fut celle de Mme Petrell.

Les enfants écoutèrent s'éloigner les sabots des chevaux qui descendaient la colline.

« Z'espère que Mme Petrell zera zentille avec ma petite souris, dit Zozo.

— Quelle souris ? demanda Ida.

— Celle que z'ai glissée dans son sac.

— Pourquoi as-tu fait ça ?

— Z'avais pitié de la souris, expliqua Zozo. Pendant toute sa vie, elle n'a zamais rien vu d'autre que le grand buffet. Z'ai pensé qu'elle aimerait voir la ville !

— Pourvu que Mme Petrell soit gentille avec elle, espéra Ida.

— Ze suis sûr qu'elle le sera », déclara Zozo.

Ce fut le 10 juin que Zozo hissa la petite Ida au faîte du mât, puis engloutit toutes les saucisses. Il se tint à peu près tranquille jusqu'au 8 juillet, date à laquelle il commit encore l'une de ses fameuses « bêtises ».

Chapitre 4

Zozo veut s'amuser

Alfred, le garçon de ferme, aimait beaucoup les petits enfants, et Zozo tout particulièrement.

Que l'espiègle enfant joue des tours, Alfred s'en moquait bien! Il l'aimait quand même, et lui avait fabriqué un beau fusil en bois.

Le jouet ressemblait tout à fait à un vrai fusil, même si l'on ne pouvait pas s'en servir pour tirer.

Zozo faisait semblant de viser et criait : « Pan! Pan!... Pan! Pan!... » C'était si bien imité que, pendant plusieurs jours, les moineaux n'osèrent pas se montrer à la Pommeraie.

Zozo adorait tellement son fusil qu'il le gardait avec lui, la nuit. Et il aimait encore plus Alfred, qui le lui avait donné.

Aussi ne fut-il pas surprenant de voir Zozo fondre en larmes le jour où Alfred partit pour la ville faire son service militaire.

Savez-vous ce qu'on faisait, pendant le service militaire ?

Les garçons de toute la province devaient s'entraîner à divers exercices pour devenir de bons soldats.

« Ça tombe mal, se lamenta le père de Zozo. Juste au moment de rentrer les foins. »

Il n'était pas du tout content de voir Alfred partir en pleine fenaison, car il fallait se dépêcher de terminer avant les pluies.

Mais ce n'était pas le papa de Zozo qui pouvait décider de la date à laquelle les garçons de Lonneberg allaient partir pour faire leur service militaire. L'ordre venait du roi et de ses généraux.

Et, qu'on le veuille ou non, Alfred ne reviendrait à la maison que lorsqu'il saurait bien exécuter tous les exercices du soldat.

Cela ne servait donc à rien que Zozo pleure ainsi, mais il n'arrivait pas à s'en empêcher. Lina non plus, d'ailleurs.

En effet, Zozo n'était pas le seul à aimer Alfred !

Alfred, lui, ne pleurait pas. Il se réjouissait, sachant qu'on s'amusait bien à la ville.

Tandis que la voiture l'emmenait, et

que les habitants de la Pommeraie agitaient tristement leur mouchoir en signe d'adieu, Alfred chantonnait joyeusement pour les consoler :

« Votre petit ami soldat
S'en va servir le roi.
Pleurer à rien ne servira,
Chantez plutôt tous à la fois
Tradéridéra, tradéridéra ! »

Mais la voix de Lina, qui pleurait à fendre l'âme, couvrit bientôt celle d'Alfred.

Et la voiture qui emmenait Alfred ne tarda pas à disparaître après le premier tournant de la route.

La maman de Zozo essaya de consoler Lina.

« Ne sois pas si triste, lui dit-elle. Calme-toi, voyons. Patiente jusqu'au 8 juillet ; il y a une parade et une kermesse à la ville, et nous irons dire bonjour à Alfred.

— Moi aussi, déclara Zozo, ze veux aller à la ville, voir Alfred et m'amuser.

— Moi aussi », ajouta la petite Ida.

La mère secoua la tête.

« Ce n'est pas une fête pour les enfants, expliqua-t-elle. Ils ne s'y amusent pas et, en plus, ils se perdent dans la foule.

— Moi, ze trouve que c'est drôle de se perdre dans la foule », répliqua Zozo. Mais ses parents ne changèrent pas d'avis pour autant.

Le 8 juillet au matin, le papa de Zozo, sa maman et Lina partirent pour la ville afin d'assister à la parade. Ils laissaient Zozo et sa sœur sous la surveillance de la Grosse Marie.

La Grosse Marie était une brave grand-mère qui venait parfois à la Pommeraie, lorsqu'on avait besoin d'elle pour accomplir de menus travaux.

La petite Ida était une enfant sage. Elle s'assit aussitôt sur les genoux de la vieille femme, et lui demanda de raconter une de ces terribles histoires de fantômes dont elle raffolait.

Mais il en était tout autrement de Zozo. Fou de rage, il se dirigea vers l'écurie, son fusil à la main.

« Ze ne vais pas me laisser faire, gronda Zozo. Ze veux aussi aller à la ville, et ze veux aussi m'amuser. Comme les autres. C'est décidé ! T'as compris, Zulie ? »

Il avait adressé ces derniers mots à une vieille jument, appelée Julie, qui paissait dans le pré, derrière l'écurie. A la ferme, il y avait encore un autre cheval nommé Marcus. Mais Marcus, lui, était en route vers la ville, avec Papa, Maman et Lina.

A cette idée, la fureur de Zozo redoubla. Ils auraient, eux, le droit d'aller à la ville, et pas lui ! Ah ! non, alors !

« Z'en connais deux qui vont les poursuivre, et filer comme une flèche, dit le petit garçon. Et ces deux-là, Zulie, c'est toi et moi ! »

Ainsi fut fait. Zozo harnacha la jument et la fit sortir du pré.

« Ne t'inquiète pas, dit-il à la bête. Alfred sera content de me voir et toi, si tu n'aimes pas t'amuser, tu trouveras sûrement un brave cheval pour te tenir compagnie en m'attendant ! »

Il conduisit Julie vers la barrière, méditant d'y prendre appui pour grimper sur le dos du cheval. Il était malin, le petit diable !

« Maintenant, en route ! s'écria Zozo. Hue ! cocotte ! Au galop ! Nous dirons au revoir à la Grosse Marie quand nous reviendrons à la maison ! »

Assis droit et fier sur l'encolure du cheval, le petit garçon tenait son fusil devant lui. Il fallait que le fusil aille, lui aussi, à la ville.

Puisque son ami Alfred était soldat, Zozo le serait aussi.

Alfred avait une arme à feu, Zozo un fusil en bois et, pour lui, il n'y avait pas beaucoup de différence entre les deux. Zozo estimait donc qu'il était soldat comme Alfred.

Julie et son petit cavalier disparurent bientôt dans le bois qui bordait la route.

Julie était vieille, et trottinait lentement. Pour lui donner du courage, Zozo lui chantait :

« Ma bonne vieille zument
ne file pas comme le vent,
mais qu'est-ce que ça peut faire ?
Elle a quatre bons fers
et, de son pas tranquille,
me conduit à la ville. »

Julie trottinait, s'arrêtait pour souffler un peu, repartait en boitillant. Bref, bien fatiguée, elle arriva enfin à la ville avec son compagnon.

« Bon ! s'écria Zozo. Ze vais enfin pouvoir m'amuser ! »

Comme il se rapprochait du centre de la ville, Zozo se frotta les yeux pour s'assurer qu'il ne rêvait pas !

Il savait que, sur terre, il y avait beaucoup d'hommes, mais il n'en revenait pas de voir tant de gens rassemblés en un même endroit!

Jamais il n'avait vu une telle foule. Des milliers de personnes entouraient la grande place, admirant les soldats qui faisaient des exercices avec leur arme sur l'épaule, tournaient à droite puis à gauche, et défilaient à la manière de tous les soldats du monde.

Un petit bonhomme rouge de colère, avec un gros ventre, allait et venait à cheval, hurlant des ordres. Tous les soldats lui obéissaient sans rien dire. Zozo trouva cela très bizarre.

« Ce n'est pas Alfred qui commande ici ? » demanda-t-il à son voisin, un jeune paysan.

Mais le paysan ne répondit pas, trop occupé à regarder les manœuvres.

Zozo aussi s'amusait de voir les sol-

dats passer leur arme d'une épaule à l'autre, mais il se fatigua vite du spectacle et décida de se mettre à chercher Alfred. C'était là, finalement, le but de son expédition.

Or tous les soldats se ressemblaient, dans leur uniforme bleu ! Retrouver

Alfred parmi cette quantité d'hommes n'était pas chose facile !

« Attends, qu'Alfred me voie, dit Zozo à Julie, et tu vas bien rigoler. Il viendra me chercher, et l'affreux bonhomme n'aura qu'à zouer tout seul avec les armes, si ça lui chante ! »

Pour se faire remarquer d'Alfred, Zozo sur son cheval se fraya un chemin parmi les soldats et se mit à crier, de toutes ses forces :

« Alfred ! Où es-tu ? Viens vite, ze veux aller m'amuser avec toi ! Tu ne me vois pas ? »

Évidemment, qu'Alfred le voyait ! Il était impossible de ne pas voir Zozo, sur la vieille jument, avec sa « cache-tête » et son fusil ! Mais le garçon de ferme se trouvait parmi les soldats, et il n'osait pas sortir du rang à cause du gros bonhomme qui criait, jurait et hurlait des ordres sans s'arrêter.

Et voilà soudain que le terrible officier s'approcha à cheval de Zozo la Tornade et lui demanda, d'un ton amical :

« Que t'arrive-t-il, mon petit ? Tu as quitté ton papa et ta maman ? Tu t'es perdu ? »

Il y avait longtemps que Zozo n'avait rien entendu d'aussi bête.

« Ze ne suis pas perdu, riposta-t-il, puisque ze suis ici. Et c'est papa et maman qui m'ont quitté et se sont perdus ! »

Zozo avait presque raison.

Sa mère lui avait dit que les petits enfants pouvaient se perdre dans la foule, mais elle se trouvait là, à présent, étouffée dans la cohue avec son mari et Lina, et tous les trois se sentaient perdus, car ils ne pouvaient pas bouger d'un pouce !

Mais ils avaient aperçu Zozo ! Ils

l'avaient vu fendre la foule à cheval, avec sa « cache-tête » et son fusil. Le père dit alors :

« Zozo va pouvoir fabriquer encore un bonhomme en bois !

— Oh ! oui, alors ! approuva la mère. Mais comment le récupérer ? »

C'était un problème de taille ! Vous pouvez vous rendre compte de la confusion qui régnait là-bas si vous avez déjà assisté à des fêtes de ce genre.

A peine les soldats eurent-ils terminé leurs manœuvres que la foule envahit la place. Il y eut une bousculade épouvantable. Alors comment retrouver Zozo ?

Ses parents n'étaient pas les seuls à le chercher. Alfred s'y était mis également, car les soldats étaient libres à présent, et le garçon voulait s'amuser avec son jeune ami.

Mais ce n'était pas une mince affaire

que de trouver quelqu'un dans cette foule!

Presque toutes les personnes présentes allaient et venaient en cherchant quelqu'un.

Alfred cherchait Zozo et Zozo cherchait Alfred. La maman de Zozo cherchait son fils et Lina cherchait Alfred. Le père de Zozo cherchait sa femme. Elle s'était en effet perdue dans la foule, et il dut la chercher pendant deux bonnes heures avant de la trouver, complètement désespérée, coincée entre deux espèces de géants.

Mais Zozo ne trouvait personne, et personne ne le trouvait!

Il se dit petit à petit que, s'il voulait avoir encore une chance de s'amuser, il fallait qu'il s'y mette tout seul.

Avant tout, il devait cependant trouver de la compagnie pour Julie, car il le lui avait promis.

Cherchant une bonne vieille jument qui ferait l'affaire, il tomba sur leur cheval Marcus. C'était encore mieux! Attaché à un arbre du champ de foire, Marcus mâchonnait son foin et, près de lui, Zozo reconnut avec plaisir la carriole de la ferme.

Les deux bêtes parurent ravies de se retrouver. Zozo attacha Julie au même arbre que Marcus et alla lui chercher une botte de foin dans la voiture. En ces temps-là, on ne voyageait pas sans réserve pour les chevaux.

Voyant Julie se mettre à mastiquer, Zozo sentit qu'il avait faim, lui aussi.

« Ze ne vais tout de même pas manzer du foin! » se dit-il.

Il y avait mieux à faire.

Les nombreuses petites baraques installées à l'occasion de la foire regorgeaient de sandwiches, de saucisses, de

petits pains et de gâteaux. On y trouvait tout ce que l'on désirait... à condition d'avoir de l'argent !

Il y avait, par ailleurs, toutes sortes d'attractions : un cirque, des manèges et divers spectacles.

Il y avait même un avaleur de sabres qui avalait des sabres, un avaleur de feu qui avalait des flammes et aussi une superbe femme à barbe qui n'avalait, elle, que du café et des gâteaux !

Mais il fallait payer partout, et Zozo n'avait pas d'argent.

Comme je vous l'ai déjà dit, il était cependant très malin.

Il voulait tout voir. Il commença par le cirque, parce que c'était le plus facile.

Il lui suffit de grimper sur deux cais-

ses, placées l'une sur l'autre derrière la tente, et de regarder par une ouverture de la toile.

Pendant le numéro du clown, Zozo rit de si bon cœur qu'il dégringola bruyamment de son échafaudage et se cogna la tête contre une pierre.

Du coup, il quitta le cirque et s'aperçut qu'il avait encore plus faim qu'avant.

« Ze ne peux pas m'amuser avec l'estomac vide, dit-il. Et sans arzent, ze ne peux pas manzer. Réfléchissons. »

Il avait déjà remarqué que la foire offrait diverses occasions de gagner de l'argent. Pourquoi ne trouverait-il pas un moyen, lui aussi ?

Mais, n'ayant pas de barbe et ne sachant pas avaler ni feu ni sabre, que pouvait-il faire ?

Zozo réfléchissait le plus fort qu'il pouvait. Il aperçut soudain, dans la foule, un pauvre vieillard aveugle qui chantait, debout sur une caisse.

L'air misérable, il chantait des chansons tristes, et cela lui rapportait de l'argent.

Il avait posé son chapeau à terre, près de lui, et les gens y jetaient sans cesse des pièces de monnaie.

« Ça, ze peux le faire aussi ! pensa Zozo. Quelle chance, z'ai emporté ma cache-tête ! »

Il posa sa casquette sur le sol, devant lui, et se mit à chanter :

« Ma bonne vieille zument
ne file pas comme le vent... »

La foule l'entoura aussitôt.

« Quel mignon petit garçon ! s'exclamaient les gens. Il doit être bien pauvre pour être obligé de gagner de l'argent en chantant ! »

A cette époque, il y avait beaucoup de pauvres enfants qui ne mangeaient pas à leur faim.

Une dame s'approcha gentiment de Zozo et lui demanda :

« Dis, mon petit, as-tu mangé quelque chose aujourd'hui ?

— Zuste un peu de foin ! » répondit Zozo.

Entendant cela, tous les gens sentirent leur cœur fondre de pitié.

Un petit paysan se mit à pleurer, plaignant ce pauvre enfant qui semblait si seul et avait de si jolis cheveux bouclés.

Tous, alors, jetèrent des pièces d'une demi-couronne et même d'une couronne dans la « cache-tête » de Zozo.

Le petit paysan sortit aussi une pièce de monnaie, mais il se ravisa et, la remettant dans sa poche, il murmura à l'oreille de Zozo :

« Accompagne-moi jusqu'à ma voiture, et je te donnerai encore un peu de foin ! »

Mais Zozo était riche à présent, avec sa casquette remplie d'argent.

Il la ramassa, et s'en fut acheter une montagne de sandwiches, de petits pains, de gâteaux et plusieurs bouteilles de sirop.

Quand il eut tout englouti, il fit quarante-deux tours de manège pour quatre couronnes et demie.

Il n'était jamais monté sur un manège auparavant, et il ne se doutait pas qu'il puisse exister quelque chose d'aussi distrayant sur cette terre.

« Enfin ze m'amuse ! pensa-t-il tandis que, ses cheveux blonds volant au vent, il tournait, juché sur un chameau. Ze me suis dézà amusé dans ma vie, mais zamais autant que maintenant ! »

Il alla ensuite admirer l'avaleur de sabres, le mangeur de feu et la femme à barbe. Et il s'aperçut, après cela, qu'il ne lui restait presque plus d'argent.

« Ze pourrais chanter encore un peu pour remplir ma cache-tête, pensa-t-il. Les zens sont tellement zénéreux ici ! »

Mais il se sentit fatigué. Ne désirant

plus chanter ni gagner d'autre argent, il donna à l'aveugle le peu qui lui restait. Puis, allant de-ci de-là, il se mit à la recherche d'Alfred.

Or Zozo s'était trompé en pensant que tout le monde était gentil.

Il y avait, ce jour-là, quelqu'un de très méchant qui se trouvait également en ville. C'était un dangereux voleur qui rôdait dans la région. On l'appelait le Corbeau, et toute la province le craignait.

Tous les journaux parlaient de ses « exploits ». A toutes les fêtes, tous les marchés, tous les endroits où des gens se réunissaient, on pouvait être sûr que le Corbeau apparaîtrait et, ni vu ni connu, volerait tout ce qui lui tomberait sous la main.

On le reconnaissait difficilement, car il portait chaque fois une barbe et une moustache différentes.

Ce jour-là, il avait assisté à la parade et, coiffé d'un chapeau à larges bords, portant de grandes moustaches noires, il se faufilait parmi la foule. Il cherchait quelque chose d'intéressant à voler.

Personne ne l'avait reconnu. Sinon, les gens se seraient évanouis de frayeur !

Si le Corbeau avait été intelligent, il se serait bien gardé de venir le même jour que Zozo et son fusil.

Zozo allait et venait, cherchant toujours Alfred. Comme il passait devant la baraque de la femme à barbe, il la vit par la porte ouverte, assise, en train de compter sa recette. Elle voulait savoir combien d'argent elle avait gagné dans la journée. A son visage souriant, on devinait qu'elle était très satisfaite du résultat.

Apercevant Zozo, elle lui cria :

« Entre, mon petit ! Je te permets de

regarder ma barbe sans payer. Tu as l'air si gentil! »

Zozo avait plusieurs fois admiré cette barbe au cours de la journée mais, puisqu'il était invité, il ne pouvait pas refuser.

Il entra donc dans la baraque avec sa « cache-tête » et son fusil, et regarda longuement la femme à barbe. N'importe qui d'autre aurait dû payer au moins une demi-couronne pour cela!

« Qu'est-ce qu'il faut faire pour avoir une aussi zolie barbe? » demanda-t-il d'un ton galant.

La femme à barbe n'eut pas le temps de répondre car, à cet instant, on entendit une voix effrayante qui disait :

« Donne-moi l'argent ou je t'arrache ta barbe! »

C'était le Corbeau!

Il s'était faufilé dans la baraque sans se faire remarquer.

La femme devint pâle comme un linge sauf, bien entendu, à l'endroit de la barbe.

La pauvre s'apprêtait à donner tout son argent au brigand lorsque Zozo lui chuchota :

« Prenez mon fusil ! »

Elle saisit l'arme de bois que Zozo lui tendait. Mais il faisait assez sombre dans la baraque et, comme on n'y voyait pas très bien, la femme crut qu'il s'agissait d'un véritable fusil.

Le plus drôle fut que le Corbeau le crut aussi !

« Haut les mains, ou je tire ! » cria la femme à barbe.

Le Corbeau pâlit à son tour, et leva les bras en l'air. Il tremblait de tous ses membres tandis qu'elle appelait la police à tue-tête.

La police arriva, emmena le voleur en prison et, depuis lors, on ne revit plus jamais le Corbeau ni en ville ni ailleurs. Les gens de la province n'eurent enfin plus de vols à craindre.

Oui, c'est exactement ainsi que les choses se passèrent. Or la femme à barbe eut droit à la première page des journaux, mais personne n'écrivit un mot sur Zozo et son fusil. Elle lui devait pourtant d'avoir attrapé le Corbeau, et il serait temps de rétablir la vérité. Voilà qui est fait !

« Quelle bonne idée z'ai eue d'emporter ma cache-tête et mon fusil, se félicita Zozo lorsque les policiers arrêtèrent le voleur.

— Tu es un petit garçon précieux, déclara la femme à barbe. Si cela t'amuse, tu peux me regarder autant que tu voudras, sans payer ! »

Mais Zozo était fatigué. Il n'avait plus envie de regarder la barbe, ni de s'amuser. Il aurait voulu dormir.

La nuit commençait à tomber sur la ville. La journée avait passé, et il n'avait toujours pas trouvé Alfred.

Les parents de Zozo et Lina étaient également fatigués. Ils avaient cherché et cherché Zozo. Lina avait cherché et cherché Alfred. Et maintenant plus personne n'avait la force de continuer à chercher.

« Ouille, mes pauvres pieds ! » geignait la maman de Zozo tandis que le papa hochait la tête d'un air renfrogné.

« C'était amusant, cette parade, remarqua-t-il. Viens, rentrons à la maison ! Il n'y a rien d'autre à faire. »

Ils se dirigèrent vers le champ de foire pour atteler leur cheval. Ils virent alors Julie attachée au même arbre que Marcus.

La maman de Zozo se mit à pleurer.

« Je voudrais tant savoir où est mon petit garçon ! se lamentait-elle.

— Vous pouvez être sûre qu'il fait encore des bêtises, répliqua Lina. C'est un vrai diable ! »

A cet instant, quelqu'un arriva en courant, hors d'haleine. C'était Alfred !

« Où est Zozo ? demanda-t-il. Je l'ai cherché toute la journée !

— Je me moque bien de savoir ce qu'il fait ! » répondit Lina, très vexée.

Et elle monta dignement dans la voiture, pour rentrer à la ferme. Mais elle trébucha sur un obstacle, et cet obstacle... c'était Zozo !

Couché dans le peu de foin qui restait dans la voiture, il dormait à poings fermés.

Il se réveilla quand Lina le bouscula, et vit alors quelqu'un qu'il connaissait bien, encore tout essoufflé et rouge dans son uniforme bleu.

Fou de joie, Zozo bondit et sauta au cou d'Alfred.

« Alfred ! s'écria-t-il. Enfin, te voilà ! » Puis il se rendormit.

La famille reprit la route de la Pommeraie. Marcus tirait la voiture et Julie trottinait, attachée à l'arrière.

Zozo se réveillait parfois, et voyait la forêt noire qui se détachait sur le ciel clair de l'été. Il sentait l'odeur du foin, des chevaux. Il entendait le bruit des sabots et le grincement des roues de la voiture.

Il dormit néanmoins tout le long du

chemin, et rêva qu'Alfred revenait à la ferme. Et qu'ils ne se quittaient plus.

Cela se passa en effet peu de temps après.

Ce fut donc le 8 juillet que Zozo partit mener joyeuse vie à la ville. Ce jour-là, tout le monde le chercha. Son père, sa mère, Alfred, Lina et surtout... surtout la Grosse Marie, qui s'en souviendra jusqu'à la fin de sa vie ! Mais il vaut mieux ne pas lui en parler parce que ça lui donne des petits boutons rouges qui lui démangent pendant toute la journée !

Vous savez à présent ce qu'il arriva à Zozo le 7 mars, le 22 mai, le 10 juin et le 8 juillet. Or, pour ceux qui aiment faire des bêtises, tous les jours du calendrier sont bons...

Zozo faisait donc presque tous les jours des farces, mais il se distingua particulièrement le 19 août, le 11 octobre et le 3 novembre.

Je ne peux pas m'empêcher de rire lorsque je pense à ce qu'il inventa le 3 novembre, mais il m'est malheureusement impossible de vous le raconter : j'ai promis le silence à la maman de Zozo.

Après cette dernière invention de Zozo, tous les habitants de Lonneberg se réunirent. Ils plaignaient les Svensson d'avoir un tel voyou pour fils. Ils décidèrent donc de se cotiser et, après avoir chacun donné une demi-couronne, ils allèrent voir la maman de Zozo avec l'argent ainsi recueilli.

« Cela suffirait peut-être pour envoyer Zozo en Amérique ! » lui dirent-ils.

Ah ! c'était du beau ! Envoyer Zozo en Amérique !

Et qui donc, alors, serait devenu, le moment venu, maire du village ?

Heureusement, la maman de Zozo se refusa à écouter un conseil aussi stu-

pide. Au lieu de cela, elle entra dans une violente colère, jeta la bourse à terre, et tout l'argent roula jusqu'au village !

« Zozo est un petit garçon très gentil, affirma-t-elle, et nous l'aimons tel qu'il est. »

Mais en fait, elle était très triste.

Quelle maman ne le serait pas lorsqu'on vient se plaindre de son enfant ?

Ce soir-là, quand Zozo fut couché avec sa « cache-tête » et son fusil, elle entra dans sa chambre et s'assit près de lui.

« Zozo, lui dit-elle sérieusement, tu vas maintenant entrer à l'école. Crois-tu qu'ils vont te garder si tu désobéis et si tu passes ton temps à faire des farces et des bêtises ? »

Dans son lit, Zozo ressemblait à un petit ange, avec ses grands yeux bleus, ses cheveux blonds et frisés.

« Turlututu, chapeau pointu ! chantonna-t-il, car il n'aimait pas du tout ce genre de conversation.

— Zozo ! reprit sévèrement sa mère. Que se passera-t-il lorsque tu iras à l'école ?

— Ne te fais pas de souci, répondit

gentiment le garçon. Je crois que je ne ferai plus de farces. »

Sa mère poussa un gros soupir.

« Espérons-le », dit-elle, en se dirigeant vers la porte.

Alors Zozo la Tornade redressa la tête et, avec son air de chérubin, il ajouta :

« Mais ce n'est pas tout à fait sûr ! »

Table

Titres parus ou à paraître dans cette collection

Robert Escarpit
Les contes de la Saint-Glinglin

Quand on dit « à la Saint-Glinglin », cela veut dire jamais. Savez-vous pourquoi ?
Les gâteaux de Maître Galipette, l'Auberge de la Bonne Franquette, la poudre d'Escampette...
Il y a dans toutes les langues des expressions et des mots venus d'on ne sait où. Robert Escarpit en a imaginé l'origine dans des histoires savoureuses et pleines de verve.
Faut-il le croire, ou est-ce encore un coup du Père Limpinpin ?

José Mauro de Vasconcelos
Mon bel oranger

A cinq ans, Zézé a tout appris seul : la lecture, les grossièretés de la rue, les trafics de billes, les tangos pleins de sentiments du marchand de chansons.
Tout le monde le bat, sauf sa sœur Gloria... Ange ou diable, il a un secret dans le cœur : un petit pied d'oranges douces, le seul confident de ses rêves, qui l'écoute et lui répond.

Maurice Druon
Tistou les pouces verts

Tistou s'endort toujours en classe. Alors son père, qui est beau, riche et marchand de canons, décide de l'envoyer à l'école de la vie.
Première leçon avec le jardinier Moustache qui découvre une chose merveilleuse : Tistou a les pouces verts. Les fleurs poussent sous ses doigts !
Avec des roses à l'hôpital, du chèvrefeuille sur la prison, la ville est transformée. Mais que va-t-il arriver si les canons de Monsieur Père disparaissent sous le lierre et les églantines ?

Isaac Bashevis Singer
Zlateh la chèvre

Hélas! mon fils, il te faut conduire la chèvre chez le boucher : elle est déjà vieille et nous sommes pauvres. Mais voilà que, sous la tempête de neige, la chèvre sauve l'enfant... Dans ces contes, le sourire a toujours le dernier mot à moins que ce ne soit l'amour. Les naïfs pêchent la lune dans les puits, les gourmands sont incorrigibles. Quant au Diable, il guette derrière la porte! Heureusement, il n'est pas toujours le plus malin...

Erich Kästner
Le 35 mai

Si votre oncle est formidable, si vous rencontrez un cheval en chômage qui vous demande poliment du sucre... entrez sans hésiter dans la vieille armoire : c'est la porte du bout du monde!
Là-bas, les arbres distribuent des tartes, les poules pondent des œufs au jambon. Au Pays du Monde Renversé, on élève sévèrement les parents insupportables. A Electropolis, on circule sur des trottoirs roulants. Et puis, à cheval à travers l'océan, vous irez vers les îles des mers du Sud...
Seulement, tout cela n'est possible que si le 35 mai tombe un jeudi.

Anna Greta Winberg
Ce jeudi d'octobre

Une catastrophe! Voilà ce qui arrive à Madde, qui n'a pas encore quatorze ans.
Papa s'en va. Il a décidé, d'accord avec Maman, qu'il valait mieux se séparer : c'est, paraît-il, « la meilleure solution ». Mais pour qui?
Madde étouffe de chagrin et d'indignation. Il lui faudra du temps pour commencer à comprendre.

Anthony Buckeridge
Bennett et sa cabane

De tout le collège, c'est Bennett qui a le plus d'idées mais, chose curieuse, elles plaisent rarement à ses professeurs. Avec l'ami Mortimer, il a construit une cabane près de l'étang et tout irait bien si le poisson rouge ne s'échappait pendant qu'on lui fait faire un tour dans un filet à papillon, si Bennett ne tombait pas dans la vase avec son complet du dimanche, si sa balle de cricket n'atterrissait pas dans le jardin du directeur et si le général ne débarquait pas sans prévenir...

Hans Peter Richter
Mon ami Frédéric

En Allemagne, avant la guerre, deux enfants sont inséparables. L'un s'appelle Frédéric. Il est juif.
Mais Hitler a décidé que les Juifs n'ont pas le droit de vivre : on les insulte, on les chasse... Grand-Père ne veut plus voir le petit Frédéric à la maison. Bientôt, on le renverra de l'école. Plus tard, sous les bombes, il n'y aura pas d'abri pour Frédéric. Qui pourrait encore le sauver ?

Robert Newton Peck
Vie et mort d'un cochon

A douze ans, Robert fait presque le travail d'un homme. Quand il trouve la vache du voisin en train de s'étouffer et le veau qui n'arrive pas à naître, il sait la tirer d'affaire, même si c'est dur. En récompense, il recevra un petit cochon, un animal doux et rose, rien que pour lui. Mais dans une ferme si pauvre, comment garder une bête seulement pour le plaisir ?

James Oliver Curwood
Kazan

Kazan, c'est un quart de loup et trois quarts de chien de traîneau. Il ne connaît pas la peur. Les fauves les plus terribles sont tombés sous ses crocs et, dans le Grand Nord, il est le chef d'une horde libre, avec Louve Grise, sa compagne.
Seulement, voilà, il y a les hommes.
Les maîtres cruels, un jour ou l'autre on leur saute à la gorge. Mais Kazan n'oublie pas les voix amies, les mains qui guérissent, les femmes dont l'amour est plus fort que tout!

Erich Kästner
Deux pour une

Louise est furieuse : à la colonie de vacances, voilà une nouvelle qui lui ressemble comme une sœur ! On discute, on sort des photos... Eh bien, c'est fou et pourtant vrai : Lotte et Louise sont sœurs jumelles. En divorçant, leurs parents les ont séparées quand elles étaient bébés. Cela ne peut pas durer ! On va leur jouer un bon tour, à ces parents ! Lotte rentrera chez Papa, à Vienne, à la place de Louise, et Louise ira à Munich, chez Maman. Tout le monde les prendra l'une pour l'autre...

Bertrand Solet
Il était un capitaine

Octobre 1894. Maxime Dumas écrit pour son journal un article sur le scandale du jour : un officier français est accusé de trahison.
Le capitaine Dreyfus est-il coupable ? Oui, puisqu'il est juif, crient les antisémites. Où sont les preuves ? répondent ceux qui soupçonnent l'« Affaire » de couvrir la corruption et le parti pris.

Astrid Lindgren
Zozo la tornade

Zozo ? Un ange aux yeux bleus et aux cheveux blonds. S'il s'est coincé la tête dans une soupière à fleurs c'est qu'il a trop d'appétit, et s'il a hissé sa petite sœur tout en haut d'un mât, c'est pour lui faire admirer le paysage.
Mais au fait, où est-il donc passé ? Quelle bêtise a-t-il encore faite ? Tout le village s'inquiète... Avec Zozo, on n'a pas le temps de s'ennuyer.

Ferenc Molnar
Les gars de la rue Paul

Le terrain vague de la rue Paul, c'est le Far West pour les collégiens de Budapest. Il devient leur champ de bataille quand la guerre éclate entre deux bandes rivales.
Les gamins qui chahutent en classe et se ruinent en bonbons seront les capitaines, parfois les héros ou les traîtres de cette guerre. On peut même mourir pour le terrain de la rue Paul, mais c'est un secret : les adultes n'en sauront rien.

Sir Arthur Conan Doyle
Le monde perdu

Trois Anglais prêts à tout prennent part, au bout du monde, à l'expédition du professeur Challenger. Perdus, traqués par les hommes-singes, frôlés par des ailes monstrueuses, les voyageurs découvrent alors l'impossible : la préhistoire n'est pas morte !
Et, luttant pour survivre entre les ptérodactyles et les mégalosaures, ils se demandent : « Comment faire croire cela à Londres ? »...

Oscar Wilde
Le Fantôme de Canterville

Une famille américaine achète un château hanté.
Bruits de chaînes et tache de sang terrorisent la région depuis des siècles...
Mais que peut un pauvre fantôme contre le bon sens d'un homme d'affaires, les détachants superactifs de sa femme et la malice des enfants, toujours prêts à lui jouer des tours ?

Composition réalisée par C.M.L. - PARIS-13e

IMPRIMÉ EN FRANCE PAR BRODARD ET TAUPIN
7, bd Romain-Rolland - Montrouge - Usine de La Flèche.
LE LIVRE DE POCHE -

ISBN : 2 - 253 - 02345 - 0 42/0013/5